CHARLES FRÉMAUX

L'ORDRE INTELLECTUEL

POÈME DIDACTIQUE

PARIS

IMPRIMERIE DE J. CLAYE

RUE SAINT-BENOIT

EN VENTE CHEZ TOUS LES LIBRAIRES

1874

PRÉFACE.

L'opinion que j'émets dans cet essai poétique
est neuve, en ce sens qu'elle lie entre eux tous les
corps animés, tant du côté de leurs complexions
que de leurs mœurs.

En observant attentivement le caractère des
végétaux et celui des animaux, on y rencontre des
rapports si directs, que l'on est induit à voir dans
les plantes l'origine de tous les êtres.

Si, jusqu'à ce jour, quelques plantes seulement,
parmi lesquelles on distingue la *Sensitive,* et cer-
taines fleurs nommées vulgairement *Belles-de-Jour* et
Belles-de-Nuit, offrent à nos yeux le phénomène du
sentiment, on doit admettre en d'autres une sensi-
bilité relative à l'état de leur naturel; n'accusons
donc que nos sens, qui ne nous permettent pas de
distinguer les impressions d'êtres aussi délicats.

La découverte des animalcules par Hartzoecker

et plus tard par le savant Lamarck et l'immortel
Cuvier, démontrant la présence de ces êtres micros-
copiques dans les plantes et dans la semence des animaux, m'a conduit à tenter des expériences qui
établissent que l'on doit à l'état de ces animaux,
aussi variés par leur physique que par leur naturel :

> 1° La fécondation du produit de toutes les
> femelles ;
> 2° Les dispositions du système nerveux de l'or-
> ganisme animal, partant du caractère indi-
> viduel de tout être.

Partageant l'opinion des anciens philosophes
qui reconnaissent que la vie est une portion infini-
ment petite de la substance du soleil que ce grand
tout détache de lui-même pour venir animer, gou-
verner et recueillir les lumières qui résultent de son
union avec la matière organisée, j'arrive à la conséquence de la production d'un être spirituel, qui augmente en raison de ses migrations en des corps de
plus en plus parfaits, et finit par devenir une
puissance dont les effets s'adjoignent à celle de Dieu.

Puissent mes pensées sur l'immortalité de l'âme
s'assimiler à la loi naturelle !

EXPOSITION.

La vie est un principe en dehors du mérite ;
Des organes du corps, qui lui servent de gîte,
Il jouit et s'unit à la perception
Des produits relatifs à la conception.
Mais bientôt de ce corps la durée éphémère
L'oblige de passer en un autre prospère.

Dans chaque état nouveau, le type originel
Se retrouve toujours adjoint au naturel.
On peut juger par là des goûts, du caractère
De tous les animaux qui peuplent notre terre,
Et démontrer aux yeux que l'ordre souverain
Est d'élever l'esprit, de la plante à l'humain.

LA CRÉATION.

L'éternelle lumière, en attirant les mondes,
Anime tous les corps de ces masses fécondes.
Principe originel : par ses feux chaleureux
Il dégage les grains des terrains limoneux,
Tandis que son éclat, répandu dans le vide,
Offre la connaissance à tout être pour guide.

Soudain, selon la loi qui régit l'univers,
Les corps développés en des ordres divers
Paraissent sur le sol sous la forme d'herbages,
Et tapissent les mers de nombreux coquillages,
Décelant à la fois, sur terre et dans les eaux,
Des goûts très-variés et des penchants nouveaux.

Guidés par ce mobile — aux yeux, parfait symbole
D'un Dieu générateur — dont la sublime école
Prévient secrètement, dans les besoins urgents,
Tous les êtres qu'il aime et rend intelligents,
Ils arrivent bientôt à faire des prodiges :
On voit clore des fleurs et contracter des tiges,
Témoignages touchants de leurs sensations,
Qui décèlent une âme en ces productions.

MÉTAMORPHOSES.

Alors que le soleil vient dorer la nature
Et ranimer les feux de sa progéniture,
La plante, avec orgueil, semble étaler ses fleurs
Et jouir de l'éclat que donnent leurs couleurs.

Des corolles bientôt sort l'essence subtile,
Qui fait savoir au loin que son corps est nubile.
L'étamine se courbe alors sur les pistils,
Et répand à foison des germes très-subtils.

Ainsi sont fécondés, dans le sein des ovaires,
Des grains qui sont remplis de tissus vasculaires,

Et l'on peut constater, en ces faibles étuis,
Une progéniture étrangère aux produits.

Considérez de près ces légers corpuscules
Qu'aujourd'hui les savants nomment animalcules ;
De ces êtres nombreux l'art esquisse les traits,
Et déjà la gravure a produit les portraits
De cinq ordres divers et de dix-sept familles.
Que de genres nouveaux s'offrent à nos lentilles !

De la plante à l'humain, tout être provient d'eux,
De même que le germe ils fécondent les œufs.
Établis dans le sein des diverses natures,
Leurs corps, filets nerveux, joints à leurs contextures,
Reparaissent alors, sous des conditions
Qu'ils doivent à l'état de ces productions.

A l'appui de ces faits, d'autres, non moins étranges,
Permettent au printemps d'établir les échanges.
Soumettez une plante à l'action de l'eau,
Et vous verrez du fond s'élever au niveau
Des insectes ailés, aux corps souples et grêles,
Qui déploîront sur l'eau ces organes si frêles.
Bientôt vous les verrez, par un temps doux et beau,
S'élever dans les airs pour gagner le rameau.

D'autres fois visitez de ces tiges fleuries
Qui parent les jardins, les bois et les prairies,
Vous y découvrirez de petits embryons
Transformés, dans le sein des germinations,
En insectes parfaits. Une séve abondante
Découle comme un lait des pores de la plante,
Pour les alimenter. Aussi sont-ils joyeux
Lorsque cette substance apparaît à leurs yeux.

Hélas! dans quelques jours ils quitteront leur mère
Pour exercer au loin chacun leur ministère.

Venez sur cette terre, innombrables enfants
Que dispersent les vents! Infimes descendants
Des corps organisés sur la terre et dans l'onde,
Venez à votre tour régénérer le monde!
Marchez vers l'avenir, il guidera vos pas,
Pour votre intelligence il n'est point de trépas.
L'Éternel la dirige avec condescendance,
Elle doit par ses faits s'unir à sa puissance.
Ne vous arrêtez pas, acquérez en chemin,
Selon vos facultés, le sentiment divin!

CARACTÈRE.

Des insectes bientôt les familles nombreuses
Parcourent au hasard les routes tortueuses.
La liberté, ce don toujours si plein d'appas,
Ainsi qu'une espérance accélère leurs pas ;
Ils veulent du besoin prévenir la souffrance,
Témoignage vivant de leur intelligence :

La fourmi, diligente, ouvre des souterrains
Qui servent à cacher sa récolte de grains.

L'araignée odieuse étend à l'air ses toiles,
Modèles de tissus, qu'elle dispose en voiles.

L'abeille industrieuse entr'ouvre chaque fleur
Pour y prendre la cire et le miel en liqueur.

D'autres, habilement, se font une litière
En réduisant le bois à l'état de poussière.

Chaque espèce offre aux yeux diverses facultés,
Qui de l'intelligence augmentent les clartés.

Ces êtres primitifs ont des humeurs agrestes;
Ils se livrent souvent des combats bien funestes.
Égoïstes, pervers, aux faibles dangereux,
La colère les pousse à se manger entre eux.
L'aiguillon, dirigé par la ruse ou l'audace,
Est quelquefois fatal à l'espèce vorace.
Mais celle-ci triomphe en mille occasions,
Et remplit de terreur ces populations.

Pour se soustraire aux forts, les faibles en détresse
Témoignent leur savoir et surtout leur adresse.
La nature avec art seconde leurs efforts,
Ils se roulent en boule en feignant d'être morts,
Répandent des odeurs repoussantes, mortelles.
Les corps phosphorescents jettent des étincelles.

Ceux qui sont cuirassés hérissent des piquants;
La peur d'être mangés les rend belligérants.

D'autres, malicieux, pressentant leur approche,
Se rendent monstrueux en gonflant une poche.

Enfin, à bout de tout, pour confirmer l'erreur,
On en voit disparaître et changer de couleur.

SENTIMENT.

Sur des corps plus parfaits prenons d'autres images,
Suivons l'intelligence en ses nombreux voyages.
La nature en secret dispose le degré :
De l'insecte elle passe en un corps vertébré.
Là, trouvant des ressorts à ses vœux plus dociles,
Les clartés au cerveau deviennent plus fertiles,
Le sentiment au cœur parle plus tendrement
Et dispose les sens au doux accouplement.

Les oiseaux au printemps, par un touchant ramage,
Semblont le célébrer... Bientôt survient le gage
Que la femelle donne à son heureux vainqueur,
En retour de l'amour qui captive son cœur.

Dès lors, pour le cacher leur adresse est insigne;
La femelle à couver veut être la plus digne,
Le mâle s'en irrite, il fait autorité,
Et la seconde enfin avec docilité.

Par ces nids fortunés établis à l'avance,
Ils décèlent aux yeux certaine prévoyance.

L'hirondelle en septembre en offre le tableau;
Voyez-la voltiger au-dessus du préau,
Avec ses chers petits assemblés autour d'elle,
Les encourageant tous par de légers coups d'aile.

C'est qu'ils doivent partir pour un pays lointain,
En bravant les autans, la fatigue et la faim.

Ce départ jette un deuil sur toute la contrée,
Tandis que l'autre rive acclame son entrée.
Bientôt elle s'abat près de quelques vieux nids,
Qui devront de nouveau recevoir ses petits.

L'alouette, en été, s'élève dans la nue
Pour pouvoir du soleil annoncer la venue.
Ses chants harmonieux à tous donnent l'éveil,
Le laboureur, surpris par un trop long sommeil

Se hâte d'arriver où la récolte presse.

Elle descend du ciel, toute pleine d'ivresse,

Retrouver ses petits, qui gîtent au bas lieu ;

Ils iront avec elle, un jour, adorer Dieu.

D'autres oiseaux nombreux, aux mœurs encore neuves,

Poursuivent sur la mer, les étangs et les fleuves,

Des poissons à fleur d'eau, la mouette ou goéland,

Espèce carnivore à l'œil vif et sanglant,

Prompte comme l'éclair ou le feu qui foudroie,

Plonge, puis reparaît en emportant sa proie.

Des poissons plus heureux, frétillant dans les eaux,

Vous feront oublier de si tristes tableaux ;

Mais voyez par avance enfouis dans le sable

Ces trésors, confiés au soleil charitable.

Plus loin, dans les roseaux des reptiles prudents

Pour protéger leurs œufs recèlent dans leurs dents

Une liqueur mortelle, et, grâce à cet auspice,

Ils passent à couver un temps toujours propice.

C'est ainsi que chaque être, en cet heureux moment,

Offre l'intelligence unie au sentiment.

RAISON.

Agrandissant toujours le cercle de leurs sphères,
Les vertébrés bientôt deviennent mammifères.

Astreints par la nature à des devoirs plus grands,
Ils allaitent les leurs et sont plus endurants.

Les petits, alléchés par le lait des mamelles,
Se montrent constamment suspendus après elles;
La mère les contemple, obvie à leurs besoins,
Et ne charge jamais nul autre de ces soins.

A ces affections toujours si salutaires
Se joignent des travers qui sont originaires.

Ceux-ci se montrent durs, cruels, impérieux ;
Ceux-là doux et soumis, d'autres malicieux,

Assemblages confus de qualités, de vices,
Qui se continûront sous de meilleurs auspices,

La plupart au travail se sont apprivoisés ;
Que ne feront-ils pas étant mieux disposés !

Parvenus avec l'âge au sommet de leurs sphères,
Ils sont réincarnés en des corps plus prospères ;
Réunis en un genre, ils forment les humains,
Et des autres ainsi deviennent souverains.

Une forme élégante et pleine de souplesse
Fait oublier aux yeux leur première rudesse.
Mais, bien que la nature en parant ces portraits
Soit ainsi parvenue à soustraire des traits,
On les reconnaît tous, dès que l'on considère
La physionomie ou bien le caractère.

(De Gall et Lavater consultez les travaux ;
Ils furent sur ce point en mérite rivaux.)

L'homme indique aux regards la force et la noblesse ;
La femme, plus timide, accuse la mollesse.
Ses traits aux doux contours et ses yeux veloutés
Invitent désormais aux douces voluptés ;

Aussi sans définir les goûts, les caractères
Se trouvent-ils unis par des nœuds salutaires.

Dans cet état nouveau, que de difficultés!
Les travers sont soumis à des moralités
Qui prisent la vertu, le bien et la justice,
Condamnent les erreurs et méprisent le vice.
Aussi pour mériter, tous, comme des acteurs,
Affectent des vertus, souvent loin de leurs cœurs;
Le plaisir les unit, l'intérêt les divise,
La raison avec art lentement civilise!

PHILOSOPHIE.

Des animaux nombreux qui peuplent notre terre,

Examinons l'état. Chaque espèce diffère

De physionòmie ainsi que de penchants :

·Les uns sont doux et bons, les autres sont méchants.

L'organisation offre le caractère,

Elle ouvre l'intellect et limite sa sphère.

Son contraste établit le droit et le travers,

Conséquence qui guide et régit l'univers.

En prenant à l'appui les effets du contraire,

Tout autant que le bien le mal est nécessaire;

Car c'est en triomphant de ce dominateur
Que notre esprit acquiert la droiture du cœur.

La cruauté des uns prédispose au courage :
Qui s'indigne, bientôt fera face à l'outrage.
Des autres la douceur apparait à son tour,
Comme un charme sensible elle invite à l'amour.

Subvenant aux besoins, la volonté suprême
A voulu que l'esprit s'éclairât de lui-même,
Qu'il discernât le mal par effet de douleur,
Que les effets du bien captivassent son cœur.
Pour juger sainement il faut l'expérience,
Elle seule du vrai donne la conscience,
Et c'est pour établir l'œuvre du sentiment
Qu'elle adjoignit l'épreuve à tout entendement.

Sur la terre il n'est point d'existence futile ;
Tout concourt au progrès, toute cause est utile.
Longtemps vers l'inconnu nous porterons nos pas,
L'intelligence naît, augmente et ne meurt pas.

Essence impondérable, adjointe à la substance

De celui qui gouverne avec intelligence,

Elle quitte le corps pour un autre milieu,

Et progressivement arrive jusqu'à Dieu.

CHARLES FRÉMAUX,

Médecin.

Rue Chemin-Neuf, Ménilmontant. 54.

PARIS. — J. CLAYE, IMPRIMEUR, 7, RUE SAINT-BENOIT. — [461]

www.ingramcontent.com/pod-product-compliance
Ingram Content Group UK Ltd.
Pitfield, Milton Keynes, MK11 3LW, UK
UKHW021719130726
13696UKWH00006B/2422